Alice

La liste

CÉCILE LAINÉ

For additional resources, visit:

www.towardproficiency.com

www.youtube.com/user/cecilelaine

TABLE DES MATIÈRES

REMERCIEMENTS

My eternal gratitude goes to the following people:

- my former students at Girls Preparatory School, for helping me get this story started

- Dr. Nelly Oussia, for ensuring that Bilal, one of my main characters, has an authentic voice

- Jennifer Nolasco, for bringing my vision to life with her vibrant illustrations

- Terri Marrama, for guiding me through getting my first novel published

- Mike Peto and his CI novel writing group, for keeping me going

- Anny Ewing, for making sure the final product is spotless

You made this book possible. *Merci à tous !*

CHAPITRE 1

UNE BOMBE

Dimanche 15 mai

Frustrée. Désespérée. Je suis désespérée. Ce n'est pas possible. Papa nous a annoncé la nouvelle aujourd'hui. Une bombe. On était tous à table : Papa, Hugo, Chantal et moi. Soudain, Papa a dit :

- Bon, Chantal et moi on a une nouvelle importante à vous annoncer... On va **déménager**[1] à Paris.

Grand silence. Je suis tellement surprise que je ne dis rien. Papa sourit. Finalement, je réponds :

- Mais… qui « on » ?

---

[1] déménager : to move

- Chantal, Hugo, toi et moi, on va déménager à Paris. Toute la famille va déménager à Paris.

- Mais pourquoi ?

- Tu sais que je voyage beaucoup à Paris en ce moment. En fait, j'ai eu une promotion et je vais travailler au bureau parisien. Alors, je préfère que toute la famille déménage à Paris avec moi.

Mon père travaille comme consultant dans un grand cabinet de consulting.

- Mais… et maman?

- J'en ai parlé avec ta mère. Elle est d'accord mais elle veut qu'Hugo et toi vous passiez toutes les vacances chez elle.

Mes parents sont divorcés. Ma mère habite à Marseille et mon père et Chantal aussi. Je regarde ma belle-mère. Elle ne dit rien. Elle ne nous regarde pas. Elle regarde un point fixe

derrière Papa. Je me demande ce qu'elle pense.
Ensuite, je dis :

- Non, je ne veux pas déménager. Je veux
rester avec maman.

- Alice, ce n'est pas possible.

- Pourquoi ?

- Alice, tu as 16 ans, tu es **en seconde**[2].
Déménager à Paris, c'est une super
opportunité pour toi : il y a beaucoup de
très bonnes écoles à Paris, beaucoup de
concerts, beaucoup de gens bien aussi. En
plus, ta mère voyage pour le travail elle
aussi, tu ne peux pas rester avec elle. Je suis
désolé. Je sais que c'est difficile, mais c'est
une bonne décision.

Je ne dis rien. Je sais que maman voyage
beaucoup pour le travail. Hugo demande
doucement :

---

[2] en seconde : in 10th grade

-   Papa, est-ce qu'on va voir Tonton Florent et Tata Fatou à Paris ? Et tous les cousins ?

Papa sourit. Il embrasse les cheveux de mon petit frère :

-   Oui mon grand, on va les voir. Tous les week-ends.

Hugo sourit aussi. Mon petit frère a 7 ans et il adore Papa. Et Papa l'adore aussi. Ils ont une relation spéciale. Tonton Florent et sa femme Fatou habitent à Paris. Moi aussi j'adore Tonton Florent et Tata Fatou, mais ce n'est pas une raison pour DÉMÉNAGER À PARIS ! Papa continue :

-   Écoutez les enfants, c'est le mois de mai. On déménage à la fin du mois de juin. D'accord ? Alice, ça te donne plus d'un mois pour te préparer.

Je me lève de table sans rien dire et je cours dans ma chambre.

Je veux crier « JE TE DÉTESTE » à Papa mais je sais que c'est inutile. Je suis super triste. Je ne veux pas déménager. Je ne veux pas déménager ! Frustrée. Désespérée. Je suis désespérée. Ce n'est pas possible. Je prends mon portable et j'appelle Camille.

CHAPITRE 2

LA LISTE

- Camille ? C'est Alice.

- Salut, ça va ?

Et là, boum : je commence à pleurer. Je ne sais pas pourquoi. Est-ce que c'est parce que je parle à ma meilleure amie ?

- Ben... qu'est-ce qui se passe, Alice ?

- Je... dé… déménage dans un mois Camille.

- Quoi ?

- Ouais, papa nous a annoncé la nouvelle aujourd'hui... On déménage à Paris... Hugo, Chantal, papa et moi, toute la famille déménage à la fin du mois de juin.

Grand silence. Camille ne répond pas. Elle ne dit rien pendant une minute. Finalement, elle me dit doucement :

-   Mais… pourquoi ?

Je lui raconte toute l'histoire. Je lui raconte que papa a eu une promotion. Je lui raconte que ma mère est d'accord. Elle m'écoute. Elle m'écoute attentivement. Finalement, quand j'ai fini, elle me dit calmement :

-   Alice, je suis triste. Mais tu sais, Paris, c'est une super opportunité pour toi. C'est génial. Tu vas aller dans un super lycée. Tu vas connaître des gens géniaux. Tu vas avoir une vie géniale à Paris. En plus, ton oncle, sa femme et tous tes cousins habitent à Paris.

Je sais qu'elle a raison. Je le sais. Mais ça ne change rien. Je suis désespérée. Camille continue :

- Tu sais ce que tu devrais faire ? Tu devrais faire une liste de tout ce que tu veux faire avant de déménager.

Après notre conversation, je me décide à écrire. Je ne sais pas pourquoi mais en fait, j'adore la suggestion de Camille. Alors, j'écris :

Avant de déménager, je veux :

1. manger une glace au Glacier du Roi avec Camille et Khadra
2. aller au Château d'If avec Hugo
3. obtenir ma ceinture noire de Taekwondo

J'hésite un instant… Je continue :

4. **embrasser**[3] Bilal

---

[3] embrasser : to kiss

CHAPITRE 3

BILAL

Lundi 16 mai (Jour - 41)

À l'école aujourd'hui, c'est très long. Je n'écoute pas les profs. Je ne peux pas me concentrer. Je pense à cette nouvelle. Cette terrible nouvelle. Je vais déménager.

Finalement, c'est l'heure de déjeuner et je vais à la cafétéria. Quand j'arrive à la cafétéria, je vois Bilal. Bilal, c'est le grand frère de mon amie Khadra. Camille, Khadra et moi, on est toutes les trois en seconde. Bilal, lui, est en première. Les parents de Khadra et de Bilal sont d'origine algérienne.

Bilal mange à une table avec ses amis. Il parle et il sourit. J'adore son sourire. Il a une grande bouche et quand il sourit, on voit toutes ses dents. Quand je regarde son sourire,

j'oublie que je suis à l'école, j'oublie que je suis
à la cafétéria et j'oublie que je vais déménager...

- Eh oh, Alice ? Qu'est-ce que tu fais ?

C'est Camille qui est derrière moi. Je ne
réponds pas et je vais à une table sans regarder
la table de Bilal.

Camille se met à côté de moi.

- Alors, tu as écrit ta liste ?

- Ouais…

- Alors vas-y, montre-moi !

- J'hésite à te la montrer...

Camille me regarde d'un air surpris et répond :

- Ben, je suis ta meilleure amie, oui ou non ?

Je souris :

- Oui, je sais. Tu es ma meilleure amie.

- Alors vas-y, montre-moi !

- D'accord...

Je lui montre ma liste. Camille la regarde attentivement. Elle sourit.

- Elle est géniale cette liste. Qu'est-ce que je peux faire pour t'aider ? dit Camille

- Je ne sais pas. Mais s'il te plaît, n'en parle pas à Khadra.

- Pourquoi pas ? dit-elle d'un air surpris.

- Je ne veux pas lui dire que je veux embrasser son frère.

- T'es **amoureuse**[4] de lui ?

- Je ne sais pas.

- Comment ça, tu ne sais pas ?

- Je ne sais pas si je suis amoureuse de lui.

- Ben, pourquoi tu veux l'embrasser alors ?

- Parce que j'adore son sourire, sa bouche et ses dents.

---

[4] amoureuse : in love

CHAPITRE 4

AU CHÂTEAU D'IF

Samedi 28 mai (J - 29)

Quand j'ai dit à Hugo qu'on allait au Château d'If tous les deux, il était tout rouge d'excitation. Le Château d'If, c'est une forteresse qui date de 1529 sur une petite île à côté de Marseille. Cette forteresse était une prison pendant 400 ans ! Ce week-end, il y a **une chasse au trésor**[5] au Château d'If alors c'est l'occasion idéale d'y aller avec mon petit frère.

Après un petit voyage en bateau, Hugo et moi arrivons sur l'île. Il y a beaucoup de monde. Tout le monde veut faire la chasse au trésor. Il y a beaucoup d'enfants et de parents.

Dans la cour intérieure du château, un homme déguisé en Abbé Faria, le célèbre

---

[5] une chasse au trésor : a treasure hunt

personnage du « Comte de Monte Cristo »,
nous donne une carte au trésor. Hugo est
super excité quand il prend la carte au trésor
mais je lui demande de rester à côté de moi.
Soudain, je sens mon portable vibrer dans mon
sac. Je le prends et je regarde : c'est un message
de Bilal !

- Alors, comme ça... tu déménages.

Je veux crier mais je me calme et je
réponds :

- Ouais. C'est la vie...

- Tu veux aller manger une glace ce week-
end ?

Quoi ? Un rendez-vous avec Bilal ? À ce
moment-là, je regarde rapidement si Hugo est
toujours à côté de moi, mais je ne le vois pas.
Mais où est-il ? Je regarde à droite et à gauche
et j'appelle : « Hugo ! Où es-tu ? » Pas d'Hugo.
Il y a beaucoup de monde et beaucoup
d'enfants et je ne vois toujours pas Hugo. Je

commence à avoir peur et je marche
rapidement en regardant à droite et à gauche :
« Hugo ! » J'ai perdu Hugo !

Je me mets à courir, je me sens un peu en
colère et j'ai très peur. Je me mets à crier :
« HUUGOO ! » J'ai perdu Hugo ! Des gens se
retournent et me regardent bizarrement.

Je continue à courir et j'arrive devant la
prison d'Edmond Dantès. Je regarde à droite
et à gauche. J'ai perdu Hugo !

Soudain, je le vois à côté de la prison. Je
cours vers lui et PAF ! Je tombe. Tout le
monde me regarde et je sens que je vais
pleurer.

Hugo court vers moi en criant « Alice ! » Je
le regarde, je veux **me relever**[6] mais je ne peux
pas : j'ai très mal au pied.

---

[6] me relever : to get back up

Un homme arrive et me demande « Ça va ? »
Je lui réponds que je suis tombée et que j'ai
très mal au pied. L'homme me prend le bras et
m'aide à me relever. Aïe ! J'ai très mal et je me
relève avec difficulté. Hugo me prend la main
et me dit doucement : « Ça va Alice ? Tu peux
marcher ? » Je prends mon petit frère dans mes
bras et je ne réponds pas. J'ai eu si peur !

Soudain, deux pensées arrivent dans ma
tête :

    1. Bilal veut un rendez vous avec moi.

    2. Mon examen de Taekwondo est dans
deux semaines et j'ai super mal au pied.

CHAPITRE 5

L'INVITATION

Mardi 30 mai (J - 27)

Je suis allée chez le docteur aujourd'hui et
mauvaise nouvelle : le docteur m'a demandé de
ne pas utiliser mon pied au Taekwondo
pendant une semaine ! Mon examen de
Taekwondo est dans deux semaines. Ça fait
des mois que je me prépare à cet examen. Je ne
sais pas comment je vais faire. Pour l'instant, je
regarde beaucoup de vidéos sur YouTube pour
travailler sur les **Poomse**[7] et **je m'entraîne**[8]
sans utiliser mon pied, dans ma chambre. Ce
n'est pas idéal mais je veux absolument obtenir
ma ceinture noire avant de déménager.

En plus, je n'ai pas répondu à Bilal et je n'ai
pas parlé à Khadra de son frère. Je ne devrais
pas avoir de secrets pour Khadra. Elle et
Camille sont mes deux meilleures amies. Alors

---

[7] Poomse : Taekwondo forms (Korean term)
[8] je m'entraîne : I practice, I train

pourquoi je ne lui ai rien dit ? J'ai peur de sa réaction. J'ai peur qu'elle ne soit pas d'accord ou qu'elle soit en colère. Mais Bilal m'a contactée, alors je dois absolument le dire à Khadra ! Je ne veux pas de problèmes avec ma meilleure amie, mais cette situation est difficile.

Finalement, je décide de contacter Bilal. Je prends mon portable, je me calme et j'écris :

- Salut ! Sympa ton invitation. Où et quand ?

La réponse arrive rapidement :

- Samedi ? Tu as un café préféré ? Moi, j'adore Le Glacier du Roi. Qu'est-ce que tu en penses ? Vers 15 h 00 ?

C'est incroyable. Le Glacier du Roi. C'est sur ma liste ! Mais il y a un problème : Camille, Khadra et moi on s'est donné rendez-vous au Glacier du Roi samedi vers 16 h 00 !

Le Glacier du Roi est mon glacier préféré. Avec Khadra et Camille, on a fait une réservation au Glacier du Roi. J'hésite. Qu'est-ce que je fais ? J'annule Camille et Khadra ou je demande une autre date à Bilal ? Aller au Glacier du Roi avec mes deux meilleures amies, c'est sur ma liste... C'est très important. Mais un rendez-vous avec Bilal, c'est aussi sur ma liste ! Ma décision est rapide : je veux manger une glace avec Bilal samedi.

- Samedi à 15 h 00. Parfait. Place de Lenche ou avenue Papety ?

- Place de Lenche.

- Mais, tu peux avoir une réservation pour samedi ?

- Oui, pas de problème.

- Génial. À samedi, alors. Et... Bilal ? Tu n'en parles pas à ta sœur, ok ? J'ai peur de sa réaction.

- Pas de problème. Je comprends.

Incroyable ! J'ai un rendez-vous avec Bilal !
Juste lui et moi. Au Glacier du Roi. Je me sens
un peu bizarre de ne pas y aller avec mes deux
meilleures amies, mais si elles étaient à ma
place... ? Je prends mon portable et j'écris un
message à Khadra et Camille :

« Salut les filles! Je suis désolée mais je ne
peux pas venir samedi. Je vais faire une autre
réservation pour dimanche, d'accord ? »

CHAPITRE 6

AU GLACIER DU ROI

Samedi 3 juin (J - 24)

J'arrive à la place de Lenche à 15 h 00. Il fait très beau et il y a beaucoup de monde sur les terrasses. J'ai un peu peur mais je suis aussi très heureuse. Je vois Bilal qui me fait signe de la main. Il sourit. Ah… Sa bouche, ses dents ! Je m'approche. Il a un T-shirt très cool : gris, noir et jaune avec un tigre. Sur le T-shirt il y a écrit : « NR ». On se fait la bise et je suis heureuse qu'il soit si naturel avec moi.

- Super ton T-shirt. Tu l'as acheté où ?

- Dans une petite boutique sur la Canebière.

- La Canebière ? Mais, c'est une avenue touristique.

- Oui, mais c'est un T-shirt spécial, répond-il en souriant.

- Ah bon, pourquoi ?

Il sourit. Il a mon attention :

- « NR », ça veut dire Nouvel R, c'est **une nouvelle marque**[9] de T-shirt *made in Marseille.*

- Ah ouais, pas *made in China* ?

- Eh non ! C'est deux cousins d'origine haïtienne qui les font. Sympa, non ?

- Ouais, très sympa. Et c'est confortable ?

Je veux toucher son T-shirt de la main mais j'hésite un instant. Il me regarde en souriant et il y a un petit silence. Je me calme et je lui demande :

---

[9] une nouvelle marquee : a new brand

23

- Tu viens souvent au Glacier du Roi ?

- Non, juste pour les occasions spéciales...

Un autre petit silence. Il me regarde et me sourit encore. Il continue :

- Ce n'était pas facile de t'écrire un message parce que tu es la meilleure amie de ma sœur...

Là, c'est moi qui souris :

- Et toi, tu es le frère de ma meilleure amie...

Un autre petit silence. On se regarde un instant en souriant. À ce moment-là, le serveur arrive et nous demande :

- Vous désirez ?

- Je vais prendre un Navettissimo, s'il vous plaît, dis-je.

- Et pour vous ?

- Pour moi, une Cassate s'il vous plaît, dit Bilal.

- Et comme boisson ?

- Un coca, s'il vous plaît, dit Bilal.

- Et un café pour moi, s'il vous plaît.

Quand le serveur s'en va, je demande à Bilal :

- Tu ne fais pas le Ramadan ?

- Non, mes parents le font, mais pas ma sœur et moi. Khadra m'a dit que tu vas passer ton examen de ceinture noire ?

- Oui, c'est samedi. C'est un examen super difficile et très important pour moi.

- Impressionnant. Et, tu es prête ?

25

-   En fait, je me suis fait mal au pied le
    week-end dernier.

-   Ah bon, comment ?

Je pense : « Ton message était tellement
incroyable que j'ai perdu mon petit frère et je
suis tombée. »

Mais je lui réponds simplement : « Je suis
tombée. »

Bilal continue de me sourire. C'est
incroyable comme je me sens bien avec lui.
Soudain, je vois Khadra et Camille juste devant
nous. Mais, qu'est-ce qu'elles font là ?

ALICE

CHAPITRE 7

LA CONFRONTATION

Khadra nous regarde d'un air surpris et menaçant. Elle dit avec colère :

- **Sale**[10]…

- Ne te mets pas en colère, petite sœur, l'interrompt Bilal en souriant. Je mange une glace avec Alice, c'est tout. **Ne te prends pas la tête**[11] !

- Toi, ferme-la, dit Khadra.

Elle me regarde d'un air très menaçant. Je lui dis :

- Khadra, écoute…

Mais elle m'interrompt en criant :

---

[10] Sale : dirty (beginning of a derogatory expression)
[11] Ne te prends pas la tête : don't get yourself worked-up

- Toi… **Sale traîtresse**[12] ! Ah d'accord, tu ne peux pas manger de glace avec nous aujourd'hui parce que tu manges une glace avec MON frère ? Qu'est-ce que tu fais d'autre avec MON frère ?

- Rien… Calme-toi. Je suis désolée. On mange juste une glace pour célébrer mon déménagement.

- Pourquoi tu as annulé notre rendez-vous alors ? Pourquoi ce grand secret, hein ?

- Peut être qu'Alice avait peur de ta réaction, répond Bilal avec calme.

Je sens que Khadra est très en colère. Je ne sais pas comment répondre à sa question. Je suis égoïste. Je suis une traîtresse. Je préfère être avec Bilal aujourd'hui. Je préfère commencer une relation avec Bilal au lieu de fortifier ma relation avec mes meilleures amies. Je ne sais pas. Je ne réponds pas.

---

[12] Sale traîtresse : dirty traitor

Khadra dit d'un ton très calme :

- Tu n'es qu'une sale **égoïste**[13]. On est tes meilleures amies et tu préfères manger une glace avec mon frère. D'accord.

Et elle s'en va. Camille n'a encore rien dit mais je sens qu'elle aussi est en colère. Je décide de lui parler :

- Camille…

- Écoute Alice, Khadra va se calmer. Mais c'est pas cool ce que tu as fait. En fait, tu ne nous fais pas confiance et tu fais ce que tu désires au moment où tu le désires. Pas cool.

Et elle aussi, elle s'en va.

---

[13] egoïste : selfish

CHAPITRE 8

L'INCIDENT

Je ne vais pas pleurer mais je me sens très triste. Bilal me prend la main et me dit doucement : « Allez, viens. » On commence à marcher.

Je ne sais pas quoi dire. Khadra a raison : je suis une mauvaise amie et une égoïste. À trois semaines de mon déménagement, je préfère commencer une relation avec Bilal au lieu de fortifier ma relation avec mes meilleures amies. J'annule une occasion spéciale avec mes amies pour une personne avec un beau sourire. C'est très égoïste et aussi ridicule. Je vais déménager ; qu'est-ce que je fais au Glacier du Roi avec Bilal ?

On continue de marcher et on arrive au Vieux-Port. Je suis heureuse que Bilal ne dise rien. Je ne veux pas parler pour le moment. Je regarde les petits bateaux dans le port. Ça me calme. Je regarde Bilal et il me sourit :

-   Ma sœur va comprendre, tu sais.

-   Oui… peut-être. Mais… Peut être c'est mieux si on ne continue pas…

Mais à ce moment-là, un homme nous interrompt :

-   Sale arabe !

Cet homme regarde Bilal d'un air furieux. Je mets une seconde à comprendre ce qu'il a dit. Bilal regarde l'homme intensément et il répond :

-   Y a un problème ?

Bilal continue de regarder l'homme intensément. Il a toujours ma main dans sa main. L'homme le regarde mais il ne dit plus rien. Bilal se retourne et commence à marcher vers la Canebière, ma main toujours dans sa main. Derrière nous, l'homme crie :

- C'est ça, **retourne dans ton pays**[14] !

Je veux me retourner et aller frapper cet homme. Je me sens furieuse ! Bilal et moi marchons en silence. Il y a beaucoup de monde sur la Canebière. Finalement, je lui demande :

- Pourquoi tu ne lui as pas répondu quand il a dit « retourne dans ton

---

[14] Retourne dans ton pays : go back to your country

pays » ? Tu es français. La France, c'est
ton pays. Quel sale raciste !

-   Je ne veux pas me prendre la tête avec
    ce raciste. Oui, je suis né en France, je
    suis français et je me sens français. Mais
    je suis aussi arabe. Cet homme avait
    besoin d'une excuse pour provoquer un
    combat. Je ne veux pas nous mettre en
    danger.

Je sais me défendre, mais Bilal a raison. Je
lui demande doucement :

-   Ça t'arrive souvent ce genre d'incident ?

Bilal ne répond pas et je comprends que ça
arrive souvent. Bilal continue :

-   Tu sais, c'est pour cette raison que des
    organisations comme *Génériques* sont
    très importantes. *Génériques* aide à
    préserver la mémoire de l'immigration
    en France. L'immigration en France,
    c'est l'histoire de mes parents.

Je regarde et j'écoute Bilal. Je l'admire beaucoup. Je suis heureuse de le connaître. Bilal me regarde aussi et finalement, il sourit, me montre une petite boutique et dit tout simplement : « Regarde. »

Je regarde et je souris aussi : dans la petite boutique, il y a des t-shirts « NR ».

CHAPITRE 9

LA CEINTURE NOIRE

Samedi 10 juin (J - 17)

Mon pied va mieux et je me suis beaucoup entraînée pour mon examen. Je me suis entraînée plus de 10 heures la semaine dernière et encore 10 heures cette semaine.

Je n'ai parlé ni à Bilal, ni à Camille, ni à Khadra à l'extérieur du lycée. J'ai passé tout mon temps à m'entraîner. Bilal et moi, on s'est écrit des messages et je pense qu'il comprend pourquoi on ne peut pas se voir. Le Taekwondo demande beaucoup d'effort et de travail, et obtenir ma ceinture noire, c'est très important pour moi. Je pense qu'il comprend. Je me suis tellement entraînée que j'en ai oublié mon déménagement !

L'examen, c'est aujourd'hui : tous les aspects du Taekwondo sont présentés et évalués à l'examen de ceinture noire. C'est un

examen très intense et très important. J'ai peur
mais je suis aussi heureuse : je me suis
beaucoup entraînée et je veux obtenir ma
ceinture noire.

Toute ma famille est venue m'encourager.
Ma mère est venue avec son ami Jean-Luc.
Mon père est venu avec Chantal et Hugo.
Tonton Florent et Tata Fatou sont venus de
Paris pour m'encourager. Bilal est venu lui
aussi. Je le vois qui me sourit et je lui fais signe
de la main. Camille est venue elle aussi. Je lui
fais aussi signe de la main et elle me sourit.
Khadra n'est pas venue. Je me sens triste et
aussi frustrée : cet examen est très important
pour moi. Je veux que mes meilleures amies
m'encouragent. Je dois me concentrer. Je ne
dois pas penser à Khadra.

Je me concentre. Je me concentre sur
l'examen. Maître Kim Yong dit souvent que le
Taekwondo, c'est aussi dans la tête. Alors, je

dois être forte et concentrée. Je suis prête.
***Junbi*[15]** !

Les *Poomse*, la démonstration de tous les
coups de pied et de main et le vocabulaire
technique sont très faciles pour moi : je me
suis beaucoup entraînée et je me sens très sûre
de moi. Je me sens confiante et je pense que je
vais avoir un maximum de points. Après ces
trois sections de l'examen, j'ai un peu mal au
pied, mais je suis concentrée. Je ne dois pas
penser à mon pied.

Quand les maîtres me présentent **les
planches en bois**[16], j'ai un peu peur. J'ai cassé
beaucoup de planches pour arriver à la ceinture
noire, mais j'ai un peu peur pour mon pied. Je
décide d'éliminer ma peur. Je sais que pour
casser une planche, je dois être forte dans ma
tête : ne pas avoir peur et ne pas hésiter.

J'attaque les planches avec détermination. Je
casse trois planches facilement mais quand je

---

[15] Junbi : ready (Korean term)
[16] les planches en bois : wooden planks

frappe la dernière, mon pied me fait très mal et je crie.

Heureusement, on doit crier quand on casse des planches, alors mon cri n'est pas alarmant. Je regarde mes parents. Ils ont compris que je me suis fait mal. Ma mère me fait signe de la main. Je sais qu'elle m'encourage. Je vais me préparer pour la dernière section de l'examen : le combat. Le combat est la section la plus intense de l'examen : je dois absolument être solide sur mes pieds et ne pas tomber. Je ne dois pas tomber. Je vais mettre mon équipement de protection.

Quand les maîtres m'appellent pour le combat, je me lève avec difficulté. Je cours sur place pour oublier mon pied et pour me préparer au combat. Au combat, on a 3 rounds et on obtient des points quand on frappe sur le torse de son adversaire. On peut frapper avec les mains ou les pieds mais moi je préfère frapper avec les pieds. Mon adversaire est très forte. Elle s'appelle Unhei. Je décide d'attaquer immédiatement. Si je veux obtenir le maximum de points, je dois attaquer Unhei et oublier mon pied.

J'attaque Unhei immédiatement et je la frappe au torse avec mon pied, mais elle est très rapide et elle m'attaque aussi. J'ai mal au pied mais je me concentre sur mon adversaire et je continue à l'attaquer. Je continue à l'attaquer et à la frapper sur le torse. Les 3 rounds passent rapidement. Je pense que j'ai les points nécessaires pour obtenir ma ceinture noire, mais je ne suis pas sûre. J'ai très mal au pied mais c'est fini. L'examen est fini. Est-ce que je vais obtenir ma ceinture noire ?

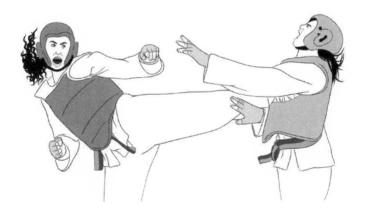

CHAPITRE 10

CE QUI EST IMPORTANT

C'est la fin de l'examen et je suis impatiente d'avoir les résultats. J'ai beaucoup travaillé et j'ai fait beaucoup d'efforts pour arriver à cet examen. Je n'ai pas de regrets. Les maîtres appellent Unhei en premier. Unhei se lève et va vers eux. Les maîtres annoncent ses résultats : elle a obtenu sa ceinture noire ! Tout le monde l'applaudit. Ensuite, les maîtres appellent un autre candidat. Il se lève et va vers eux. Les maîtres annoncent ses résultats : il a obtenu sa ceinture noire ! Tout le monde l'applaudit. Finalement, les maîtres m'appellent. Je me lève avec difficulté. Je vais vers eux. Les maîtres annoncent mes résultats… Moi aussi, j'ai obtenu ma ceinture noire !

L'un des maîtres s'approche de moi avec la ceinture noire. Je détache ma ceinture rouge et

noire et la lui donne. Ensuite, le maître me met
la nouvelle ceinture noire. Je le salue et il me
salue. Tout le monde applaudit et je regarde en
direction de ma famille. Tout le monde s'est
levé et ils applaudissent et crient très fort. Je
leur fais signe de la main et je marche vers eux
avec difficulté. Hugo, Camille et Bilal courent
vers moi. Hugo arrive le premier et court dans
mes bras :

- Hugo ! Je ne peux pas te prendre dans
mes bras ! J'ai très mal au pied, lui dis-je.

- T'es super forte, grande sœur !

Il est tout rouge d'excitation. Il touche ma
ceinture noire avec admiration. Je l'embrasse
sur les cheveux en souriant. Je suis si heureuse
d'avoir Hugo dans ma vie. Ensuite, c'est
Camille qui arrive :

- Tu as obtenu ta ceinture noire, t'es une
championne, me dit-elle.

- Je suis heureuse que tu sois venue, Camille, c'était important pour moi.

- Ben, je suis ta meilleure amie, oui ou non ?

Camille est là. Je suis sa meilleure amie, elle est ma meilleure amie. Elle est toujours avec moi quand j'ai besoin d'elle et je veux toujours être avec elle quand elle a besoin de moi. Je suis si heureuse d'avoir Camille dans ma vie. Je la prends dans mes bras. Je me sens mieux.

Soudain, je vois Bilal. Je marche vers lui avec difficulté. Il marche vers moi. Il me sourit, me prend dans ses bras et me dit doucement : « Tu es impressionnante ! » Ensuite, il prend son portable et il me le montre. Il y a un message de Khadra : « Est-ce qu'Alice a obtenu sa ceinture noire ??? » Je me sens si heureuse ! Khadra aussi a pensé à moi dans ce moment important. Elle était avec moi.

Je regarde en direction de ma famille qui arrive pour m'embrasser. Je présente Bilal à ma famille :

-   C'est ton petit ami ? demande Hugo.

Tout le monde sourit et me regarde. Moi, je suis toute rouge mais Bilal me prend la main et sourit. Je souris aussi. Je pense à ma liste. Je n'ai pas fait tout ce qui était sur ma liste. Mais finalement, toutes les personnes qui sont importantes dans ma vie sont avec moi aujourd'hui. J'ai ma ceinture noire. Je me sens confiante et optimiste. C'est ça qui est le plus important.

FIN

PETIT GLOSSAIRE
CULTUREL & VISUEL

CHAPITRE 1

1) **Marseille** is located in the south east of France. It is the country's second largest city after Paris.

Carte @ Superbenjamin

2) **French high schools** start in the 10th grade.

USA	France
10th	seconde
11th	première
12th	terminale

CHAPITRE 3

1) **Le château d'If** is an old fortress from the 16th century and was a prison for 400 years.

Photo @ Jan Drewes

2) **"Le Comte de Monte Cristo"** is a world-famous novel, written by French author Alexandre Dumas. His main character, Edmond Dantès, is falsely accused of a crime and imprisoned in the Château d'If.

Prison d'Emond Dantès

Photo @ Ask Nine

CHAPITRE 6

1) **Le Glacier du Roi** is an ice cream parlor in Marseille. Check out their beautiful products:

Photo @ Le Glacier du Roi

2) **La Canebière** is a famous avenue in Marseille.

La Canebière before WWI

La Canebière today

Photo @ Michiel1972

3) **Ramadan** is the ninth month of the Islamic calendar, observed by Muslims throughout the world as a month of fasting, prayer, reflection, and community.

CHAPITRE 7

1) **Le Vieux-Port** is Marseille's old harbour, its cultural and historical center.

Photo @ Arnaud 25

GLOSSAIRE

- A -

a – has

à – at, to

  à côté de – next to

Abbé Faria – Abbot Faria

absolument – absolutely

accord – agreement

acheté – bought

adversaire – opponent

ai – have

aide – helps

aident – help

aider – to help

alarmant – alarming

algérienne – Algerian

allait – was going

aller – to go

Allez, viens – Come on

alors – so

ami(s) – friend(s)

amie – friend

amoureuse de – in love with

annoncé – announced

annoncent – announce

announcer – to announce

annule – cancel, cancels

annulé – cancelled

ans – years

appelle – call

  s'appelle – is called (name)

appellent – call

applaudissent – applaud

applaudit – applauds

approche – comes closer

  m'approche – come closer

arabe – Arab

arrive – arrive

arriver – to arrive

arrivent – arrive

arrivons – arrive

as – have

attaque – attack, attacks

attaquer – to attack

attentivement – attentively

au – to the

aujourd'hui – today

aussi – also

autre – other

avait – had

avant – before

avec – avec

avoir – to have

- B -

bateau(x) – boat(s)

beau – handsome
il fait beau – the weather is beautiful

beaucoup d(e) – a lot of

belle-mère – stepmother

besoin – need

bien – well

bise – kiss (on the cheek)

bizarrement – oddly

bois – wood

boisson – drink

bombe – bomb

bon – good

bonne(s) – good

bouche – mouth

bras – arm(s)

bureau – office, bureau

- C -

ça – it

cabinet de consulting – consulting firm

caféteria – cafeteria

candidat – candidate

calme – calm

calmement – calmly

calmer – to calm

carte au trésor – treasure map

casse – break, breaks

cassé – broken

casser – to break

ce – this

ceinture – belt

célèbre – famous

célébrer – to celebrate

cet – this

cette – this

chambre – bedroom

championne – champion

chapitre – chapter

chasse au trésor – treasure hunt

château – castle

cheveux – hair

chez – at the home of

coca – Coke, cola

colère – anger

en colère – angry

comme – like, as

commence – start, starts

commencer – to start

comment – how

comprend – understands

comprendre – to understand

comprends – understand

compris – understood

Comte – Count

concentre – focus

concentrée – focused

concentrer – to focus

confiance – trust

  tu ne nous fais pas
confiance – you don't
trust us

confiante – confident

confortable – comfortable

connaître – to know

contactée – contacted

contacter – to contact

coups de pied - kicks

- D -

dans – inside

de – of

décide – decide

decision – décision

déguisé en – dressed up
  as

déjeuner – lunch

demande – ask, asks

demandé – asked

déménage – move

déménagement – move

déménager – to move

déménages – move

démonstration –
  demonstration

dents – teeth

dernier – last

dernière – last

derrière – behind

des – some, of de

désespérée – desperate

desires – desire

désirez – desire

désolé(e) – sorry

détache – detach

détermination –
  determination

déteste – hate

deux – two

devant – in front of

devrais – should

difficile – difficult

difficulté – difficulty

dimanche – Sunday

dire – to say

dis – say

dise – says

dit – says

divorcés – divorced

docteur – doctor

dois – must

doit – must

donne – give, gives

donné – given

doucement – softly

droite – right

à droite – to the right

- E -

école(s) – school(s)

écoute – listen

écoutez – listen

écrire – to write

écris – write

écrit – writes

égoïste – selfish

éliminer – eliminate

elle(s) – they

embrasse – kiss, kisses

embrasser – to kiss

encore – once more

encourage – encourages

encouragent – encourage

encourager – to encourage

enfants – children

ensuite – next

entraîne – train, practice

je m'entraîne – I train (myself), I practice

(m') entraîner – to train (myself), to practice

équipement – equipment

es – are

est – is

et – and

étaient – were

était – was

être – to be

entraînée – trained

eu – had

eux – them

évalués – evaluated

examen – exam

excitation – excitement

excité – excited

extérieur – outside

à l'extérieur de – outside of

- F -

facile(s) – easy

facilement – easily

faire – to do

fais – do

fait – does

famille – family

femme – woman

ferme-la – shut your mouth

filles – girls

finalement – finally

fini – finished

fixe – fixed

font – do

fort – strong

forte – strong

forteresse – fortress

fortifier – to strengthen
frappe – hit
frapper – to hit
français – French

frère – brother
frustrée – frustrated
furieuse – furious
furieux – furious

- G -

gauche – left
  à gauche – to the left
génial – awesome
géniale – awesome
géniaux – awesome
gens – people

glace – ice cream
glacier – ice cream parlor
grand – big, tall
grande – big, tall
gris – grey

- H -

habite – lives
habitent – live
haïtienne – Haitian

hésite – hesitate
hésité – hesitated
hésiter – to hesitate

heure(s) – hour(s)
heureuse – happy
heureusement –
  fortunately
homme – man
histoire – story

- I -

idéal – ideal
idéale – ideal

il – he
île – island

ils – they

immédiatement –
immediately

impatiente – impatient

important(s) – important

importante – important

impressionnant –
impressive

impressionnante –
impressive

incroyable – incredible

intensément – intensely

intérieure – inside

interrompt – interrupts

inutile – useless

- J -

j' – I

jaune – yellow

je – I

juin – June

juste – just

- L -

l' – the, it, him

la – the, it, her

là – there

le – the, it, him

les – the, them

leur – to them

levé – stood up

lève – stand up

je me lève – I stand up

lieu – place

au lieu de – instead of,
in lieu of, in place of

liste – list

lui – to him, to her

lundi – Monday

lycée – high school

- M -

m' – me, to me

ma – my

mai – May

main(s) – hand(s)

mais – but

maître(s) – master(s)

mal – poorly

  j'ai mal – I have pain

  mon pied me fait mal – my foot hurts

maman – mom

manger – to eat

mange – eat, eats

manges – eat

marche – walk, walks

marcher – to walk

marchons – walk

mardi – Tuesday

marque – brand

mauvaise – bad

me – me, to me

meilleure(s) – best

mémoire – memory

menaçant – threatening

mère – mother

mes – my

met – puts on

  se met à côté de – puts herself next to

mets – put (on)

  me mets – start to

  te mets en colère – get angry

  mets une seconde – take a second

mettre – to put on

mieux – better

moi – me

mois – months

mon – my

monde – world

  tout le monde – everyone

montre – show, shows

montrer – to show

- N -

n' ... pas – not

n' ... que – nothing but

n' ... rien – nothing

n' ... ni – neither... nor

naturel – natural

ne ... pas – not

ne ... que – just

ne ... plus – no longer

nouvel – new

né – born

nécessaire(s) – necessary

ni – neither

noir – black

noire – black

non – no

notre – our

nous – we

nouvelle – new, news

- O -

obtenir – to obtain

obtenu – obtained, received

obtient – obtains

on – we

oncle – uncle

ont – have

opportunité – opportunity

optimiste – optimist

origine – origin

organisations – organizations

ou – or

où – where

ouais – yeah

oublie – forget

oublié – forgotten

oublier – to forget

oui – yes

- P -

papa – daddy

parce que – because

parfait – perfect

parisien – Parisian

parle – talks

parlé – talked

parler – to talk

parles – talk

pays – country

pas – not

passe – happens, goes on

qu'est-ce qui se passe ? – what is going on ?

passé – spent

passent – go by

passer ton examen – to take your exam

passiez – spend

pendant – during

pense – think

pensé – thought

pensées – thoughts

penser – to think

penses – think

perdu – lost

père – father

personnage – character

personne(s) – person(s)

petit(s) – small

petite – small

peu – little

un peu – a little

peur – fear

peut – can

peux – can

pied – foot

pieds – feet

place – square

plaît – pleases

s'il te plaît – please

planche(s) – plank(s)

pleurer – to cry

plus – more

  en plus – what's more

  le plus, la plus – the most

  ne... plus – no longer

port – harbor

portable – cell phone

pour – for

pourquoi – why

préféré – preferred, favorite

préfère – prefer, prefers

préfères – prefer

premier – first

première – first

prend – takes

prendre – to take

  me prendre la tête – to work myself up

prends – take

préparer – to prepare

  me prépare – get ready

présente – present, introduce

présentent – present

présentés – presented

préserver – to preserve

prête – ready

problème(s) – problem(s)

profs – teachers

provoquer – to provoke

- Q -

qu' – that

quand – when

que – that

quel – which

qui – who, that

quoi – what

- R -

raciste – racist

raconte – tell (a story)

raison – reason

  a raison – is right

rapide – quick

rapidement – quickly

réaction – reaction

regardant – looking

regarde – look at, looks
  at

regardent – look at

regarder – to look at

relation – relationship

relever – to get back up

me relève – get back up

rendez-vous – date,
  appointment

répond – answers

répondre – to answer

réponds – answer

répondu – answered

réponse – answer

réservation – reservation

rester – to stay

résultats – results

retourne – go back

(se) retourne – turns
  around

(se) retournent – turn
  around

(me) retourner – to turn
  around

rien – nothing

rouge – red

- S -

sa – her, his

sac – bag

sais – know

sale – dirty

salue – salute, salutes

salut – hi

samedi – Saturday

sans – without

se – himself, herself, itself

seconde – 10th grade

semaine(s) – week(s)

sens – feel

  je me sens – I feel

serveur – waiter

ses – his, her

si – if

signe – sign

simplement – simply

solide – solid

son – his, her

sont – are

soudain – suddenly

souriant – smiling

sourire – smile

souris – smile

sourit – smiles

sœur – sister

sois – are

  heureuse que tu sois venue – happy that you came

soit – is

  heureuse qu'il soit – happy that he is

souvent – often

spécial – special

spéciale – special

suis – am

sur – on top of, on

sûre – sure

surprise – surprise

surprise – surprised

sympa – nice

- T -

t' – you, to you

ta – your

tata – auntie

te/t' – you, to you

tellement – so

temps – time

terrasse(s) – terrace(s)

tes – your

tête – head

tigre – tiger

toi – you

tombe – fall

tombée – fallen

tomber – to fall

ton – your

tonton – uncle

torse – torso

touche – touch

toucher – to touch

toujours – always

touristique – touristy

tous – all

tout – all

tout ce que – everything that

toute – all

toutes – all

toutes les trois – all three

traîtresse – traitor

travail – job, work

travaille – works

travaillé – worked

travailler – to work

très – very

trésor – treasure

triste – sad

trois – three

tu – you

- U -

un – a

une – a

utiliser – to use

- V -

va – goes

vacances – vacation, holidays

vais – go

vas – go

venir – to come

venu(s) – came

venue – came

vers – toward

voit – sees

vois – see

veut – wants

veux – want

vibrer – vibrate

vidéos – videos

vie – life

viens – come

vieux – old

voir – to see

vous – you

voyage b

- Y -

y – there

Made in the USA
Monee, IL
31 August 2021